AF399354

Bereznai László Péter

Vívódások, VALLOMÁSOK, küzdelmek

novum pro

Ez a könyv
e-könyvként
is elérhető
www.novumpublishing.hu

Tartalom

TÜL   TÜL   TÜL   . . .

Ígéret

Francin: – Haldoklom, Justice!

Justice: – Ne mondjon ilyeneket, kérem! Ettől pokolian szenvedek!

Francin: – Színész vagyok, pár perc, és a darab véget ér.

Justice: – Lépjünk túl a színen, Francin!

Francin: – Nem engedhetjük meg magunknak. A szerep a darab elejétől a végéig szól. A szerep behatárol, látja, most is átölelném, de nem lehet. Látja, sírnék is emiatt, de azt sem szabad. Miért vállaltuk ezt a sorsot, Justice?

Justice: – Akartuk közösen. Akartuk, hogy lássanak. Akartuk, hogy legyen látnivaló, éreznivaló, lendületadó. Akartuk, hogy legyen valami, amit tettünk.

Francin: – De Justice, hisz' előtte is éltünk. Talán igazabbak voltunk. Talán jobban érezzük most egymást, de most korlátok között mozgunk. Tudja, így az igazi az Idő, ahogy érezzük. Hisz' mindennap csak arra a másfél órára vagyunk egymásnak, és akkor is szerepet játszunk.

Francin: – Justice, kérem, mondja meg nekem, miért vállaltuk ezt? Tudom, szerettük volna a fényt, a csillogást, a gálát. Megkaptuk. A kalapemeléseket is, megkaptuk az örökkévalóságot. De nem vagyunk már igaziak. Elvesztettük az Igazságot. Már nem is tudnánk úgy élni? Mondja, megérte ez?

Francin: – Justice, haldoklom. Mindennap haldoklom, minden este és minden szerepben. És nem érted, nem a holnapért, nem a jövőért. Csak a szerep kedvéért, de vajon van még bennünk igazság?

Francin: – Válaszoljon, Justice, válaszoljon, kérem. Miért furdal némaságával? Mondja azt, hogy lehet. Mondja azt, hogy újra élhetünk. Ja, megy a darab. Én meg itt osztom az észt, kicsit kicsúszott kezemből a szerep. Most már mindegy! Most már elmondtam. Ja, maguk hallottak, maguk hallanak? Milyen élet ez?

Az őszinteség kiszivárog. – Kacaj. – Hát, akkor mindegy. Legalább elmondtam.

Francin: – Justice.

Francin: – Justice.

Francin: – Justice.

Töredék, itt kapunk levegőt.

Justice: – Bűn az, amit élünk, Francin!

Francin: – Nincs hangulatom most hozzád, Justice!

Justice: – Tudom, pont azért akarok beszélni veled, nekem sincs hangulatom ehhez, megerőszakoljuk az időt, próbálunk mindent beletömöríteni, hogy mesélhessünk valamit! A mi tudásunkat, ami nem is a miénk, hanem csak kaptuk valakitől.

Francin: – Tudja, Justice, egye fene, táncoljunk még egyet! Meséljek erőszakolva? Hát legyen! – Kacaj, mélyről, mintha nem lenne teljesen mindegy.

Justice: – Tudja, kaptunk egy színpadot.Hmmm. Ez volt a legszebb– és az égbe mutatott nagyon-tudóan. – A mi színpadunk, kaptunk egy lehetőséget az élettől, nem merem már máshogy mondani, hogy játsszunk.

Francin: – Justice, mondja, kérem, lehet komolyan játszani, vagy az a játék halála? Elvállaltuk, vagy csak örültünk neki? Játszunk, mert lehet, és kicsit sem komolyan, mert kicsit sincs tét! Hmmm, vagyis van tét, de nem ebben! Ez kötetlen játék, azt játszunk a színpadon, a színpadunkon – ami a miénk –, amit csak akarunk. Nem kötött. Nincs béklyó, játszhatjuk akár AZ ŐSHOMÁLYT is tisztán. Játszhatjuk az agyunkat, hogy komolyak vagyunk, és határozott ökölcsapásokkal törünk célunk felé. Lehetünk reménnyel ittas és reményvesztettségtől ittas kalandorok is. Bármit. Az agyam eldobom. Mi nem tetszik nekünk ebben? Hogy játszani kell? De hát örültünk, mikor megkaptuk ezt a helyet és a lehetőséget.

Justice: – Ne törjön le, Francin, mondjon aggályokat, hogy elbizonytalanodjunk!

Francin: – Nem lehet, kedvesem, ez nem az a szerep. Azt nem játszhatjuk, lebuknánk. Itt a színen ilyen árulást magunk ellen nem tehetünk. Előretörően, határozottan a bizonytalanban? – Kacaj.– Szeret velem játszani, vallja meg, Justice!

Justice: – Valahogy élvezem, de kicsit elkalandozott, kanyarodjon vissza, kérem, a vívódáshoz.

Francin: – Hahahaha.Nem válaszol, szóval élvezi, hogy játszik velem! Tessék, folytatom.

Francin: – Mi nem tetszik nekünk ebben? Nem is kell tartanunk magunkat semmihez. Tudom, Justice, magához tartozom.Haha. Természetesen. Elnyomott ábrándok, mi végzet ez? Kérem, játsszon még velem!Elfogy az idő, megint magam maradok. De ez egy ilyen szerep; a vége felé egyedül vagyok. Azért mesélek most, mert megkért. He, hehehe.

Francin: – Szóval az ábrándok, azok olyanok, mint a vitorlák, visznek. Hehehe.Szóval kalandok. Mit nem játszottunk még, Justice? Tudja, élvezzük azt, amit lehet. A szerep, melyet játszunk, a szabadság. Ha a szerep a szabadság, akkor azt kell csinálnunk, amit AKARUNK. Én az öné akarok lenni, Justice. Ez nekem az egyetlen szerep. A szabadság színművéről mesélek, és az igazság lábai előtt heverek, nem szép ez? Azt hiszem, mesés. Szóval engedjünk el mindent, ez most csak rólunk szól. De nem szólhat egy perc sem rólunk, hisz' mindent mindenki lát. Mily téboly!De a szerep jó, így vállalható. Karcos. Amit igen élvezek. Karcos. Ez a legjobb szó. Börtön? Félig-meddig. Izgató börtön. Mindig fegyelemben. Nem ez volt a célunk? Kérem, most mondjon mindent, amit érez. Most jól kell játszani. Ez jó szerep. Hiányolom, Justice. Pokolian hiányolom.

Töredék. Itt kapunk levegőt. Ahol egymásnak feszül az ellen, a szerep, ami köt, és a szabadság, ami most már mi bennünk él. Azt hiszem ez karcol, de nem törik. Pont pengeélen. Élünk talán még egy kicsit.

felnőtt-gyerek játék

Justice: – Álmodtam, Francin!

Francin: – Hahh, gondoltam és gondolom,rólam/rólunk.

Justice: – Nem. Határozott nem! Hogy maga még gyerek, és én felnőtt vagyok!

Francin: – Valóban, drágaságos Justice? És jó gyerek voltam? Hehe.

Justice: – Igen, Francin, maga jó gyerek volt, de aztán! Hehe. Játszunk?

Francin: – Általában szoktunk.Miért ne a szabadidőben is?

Justice: – Mókázzunk, Francin! Én vagyok a nagynénje, és maga most nekem mindent elmesél, amit átélt!

Francin: – Biztosan elég erre ötperc, kedves Justice?Aggódom, hogy a végén megint nagyon egyedül maradok, s még bolondnak néznek, hogy magamban mesélek.

Justice: – Igaza van,drága Francinom. De ezért most hátat fordítokmagának, mert nincs rám ideje! Hihi.

Francin: – Értem, becsületesen bűnhődöm!

Justice: – Rendben van, Francinom, akkor mesélem a játékot...

Justice: – Minden lépés, amit felém tesz,háromév, és mesélnie kell mindenről, amit abban átélt. Egy kitétel van: úgy mesélje nekem, ahogy másoknak is mesélte. Szóval csakis az őszintét, és addig meséljen nekem, amíg mindent teljesen őszintén el tudott mondani, és most is el tud mondani, minden ferdítés, szépítés, elrejtés nélkül.

Justice: – Szeretném újra látni az arcát, Francinom, mert akkor tudom, hogy velem is őszinte volt, de ha valahol megakad, sajnos nélkülöznie kell látványomat. Hátat fordítokmagának. Nem vagyok kegyetlen, mert nem örökké. De erre kíváncsi vagyok. Hogy meddig jut!

Francin: – Drága Justice-om, az ön akarata szent és sérthetetlen. Követem az utasítást és mesélek. Mindent? Mindent tudni akar? Hát egye fene! Játsszuk az őszintésdit. Bevallom, mindig erre a pályára készültem, hogy mindent kimondhassak, és ne legyenek kerülők, de majd kiderül. Hát játsszunk most is, Justice-om.

Vallomás

Justice: – Ne toporogjon ott, Francin, még kikopik a padló maga alatt!

Justice: – Minden megy a maga útján, a maga játékán!

Első lépés, Francin monológja

Francin: – Volt egy világom,ami színtisztán az enyém volt.Én szültem és neveltem, és én voltam a főszereplő.A társak a szerepekből lettek.Bennem éltek.Én tudtam, hogy menni fog, hogy szükség van rájuk, és ők hallgattak a szóra és jöttek.Mesés volt! Senkinek nem meséltem róla, mivel ez az én világom. Más teljes valójában nem láthatta.

Sírtam.

Éreztem.

És alkottam.

Milyen könnyen ment mind! Kifejezni a fájdalmat. Szóvá tenni a nem kézzel foghatót, és valahogy túlmenni a határokon, amik ki voltak kövezve. Nem is érezte az ember, minek az.

Szóval teremtő erő volt bennem,ami teremtőmtől az alkotásom folyamatától megmaradt. Valahogy átcsúszott belém.

Érdekes, talán úgy tudnám legszebben megfogalmazni, hogy nem volt olyan, hogy nincs. Hiszen aki teremthet, annak csak két csett, és van. Ne boruljunk ki. Nem kell túlragozni, örököltük.

Aki megalkotott minket, annak kezéből valónkba a szellem átszökött. Hogy tudjunk tevékenyek lenni életünkben.

Ajándék.

Maci… De beszél, szárnyal, segít, velünk épít…

Mindent kapunk fantáziánkból, amire szükség van.

Valami átcsúszott!

Hogy legyen hamar sajátunk, mielőtt lehetőségünk lenne rá.

Vitatkozom magával, magammal, akkor sokkal több volt. A lehetőség korlátai itt jelentéktelenek és közömbösek. Minek azzal bajlódni?Kitárom és feltárom belsőm rejtettjeit, hogy megelevenedjenek. Valahogy így tudnám megfogni,hogy az alkotóerőből hogyan lehet világot fabrikálni. Kellett.

A kulcs ebben a hit.

Hogy őszintén hidd, hogy lehetséges. És ha ép a hited, biztosan sikerül. Mert ez a komplex rendszer, ami a teremtésre alapul, a hitből építkezik.

Tudod, mi kell?

Amit mondtam, és lelkesedés, és életre hívod!

És viszed-viszed, hogy lendületet kapjon és önálló legyen.

Ez volt a legfontosabb.

A teremtő mit belénk oltott, és ami megmarad, az erő!

Ahhoz, hogy ki tudjam alakítani a világom, semmi másra nem volt szükségem, csak hitre.

És ez sosem veszett ki belőlem, most is hiszem, hogy a világom él!

És hogy életre hívtam, csak annyit jelent, éltem a lehetőséggel.

Ez az erő nem ment rossz irányba.

Nem ferdítettem el!

Nem használtam érdekre!

Haszontalanságokra!

Nem vesztettem el a bizalmat a jövendőben.

Nem szabad elfelejtenünk, hogy teremtő erőnk van!

Miért nem élünk vele?

Francin: – Ért engem, Justice-om?Hadd mondjak most csak ennyit: szeretem magát, hogy meghívott egy ilyen játékra.

Jusice: – Francinom, remek, remek!

Justice: – Érzem, töltődöm, ez mind tiszta, mint a hópihék!

Justice: – Tölt engem, Francinom, gazdagít lételememmel, AZ IGAZSÁGGAL.

Juctice: – Képes engem felszabadítani, hogy szaladjak még. Hogy tudjak szaladni, mert ön megadja lételemem. Francinom, szeretem magát.

Itt már jócskán túl vagyunk az öt percen. Bocsássanak meg a kellemetlenségért.

Belém, belőled

Francin: – Hiányolom égetően, Justice!

Justice: – Maradjon távol ettől, Francinom. Élvezze a türelmet, hogy babért tudjon majd aratni magának!

Justice: – Meséljen, Francinom, az egész életét akarom átölelni. Az egész valóját akarom magamba fogadni. De kérem, küzdjön meg értem. Keményen.

Francin második vallomása

– Folytatom. A világomat becsomagoltam selyempapírba és elástam egy kicsit, de magának átnyújtom most. Ezzel magamat börtönbe zártam, és egyben szabaddá tettem. Elástam a világom szüléséig magamat is, de most már magában élhetek újra. Fékeztem magam ezer gáttal, hogy mikor áttör, a víz annál erősebb legyen. Önért, Justice, önért vagyok vulkán is. Pusztításban is építő-öröm legyen. Mikor arra az erőmre szükségem lesz, addig tartalékolom. Nem, ne kérdezd, miért vagyok erre képes! Érted, mert szeretlek.

Justice: – Francinom, maga bátor volt, hogy ezt a távlati boldogságért megtette. Suttogja vadul, hogy kíván! Mint egy hős-erős. Tudott magán uralkodni…

Hogy az életét számomra megkímélje, hogy nekem tudja majd adni. Hogy nekem örökre megmaradjon, és ne csak a szívemben, hanem a testemben is. Hogy így legyen kincsemmé. Felfedezem majd magát, Francinom, bár ön felfedező, mégis bennem leli, lelte meg magát. Tehát én vagyok a kincsforrás. És visszaköszön rám, hálásan, hogy megtehette, amit akart. Én vagyok az Élet forrása, és maga, Francinom, maga az élet. Szenvedély és kéj. De szolid az erkély. Lánglovag. És én önért, hogy tápláljam, szüntelen lángolok. Ha türelmével megajándékozott, akkor méltó rám. Szeressen, Francinom, kéjjel.

Justice: – Ha türelemmel ajándék tudott maradni, akkor most csökkentem a várakozási idejét, szerelmem. Rohanjon le, Francinom, most már ne fékezze magát.

Justice: – Majd a szójátékot erről a pontról folytatjuk, jelölje meg uram, jól a helyzetét, hogy visszataláljon. Kívánom érintését, Francinom.

Francin: – Legyen türelmes, legyek türelmes? Most már a roham jön, hogy mi erőt magamba szívtam, zúgó hévvel hozza meg a tavaszt a télben.

Francin: – Ki érti ezt, Justice-om? Csak maga, csak maga.

Francin: – Módfelett szeretem.

Francin: – Hódolatom személyéé.

Francin: – Mindennap más szirmával ajándékoz meg engem. De ez most sziromeső, drága Justice-om.

Érted

Francin: – Akartam neked adni valamit, Justice-om!

Justice: – Adja, adja, Francinom! Ne tartogassa magát.

Justice: – Ne nélkülözzem önt tovább!

Isten aranyszínű...

Francin: – Hol hagyod magadban munkálni, ott bearanyoz. Ez az őelső ajándéka. Arannyá leszel benne.

Justice: – Olyan szép ez, Francinom, bontsa ki, kérem!

Francin: – Justice-om, szépet akartam magának adni. Ami örök, és nem a porba hull. Ajándékot az Úristentől. Bocsássa ezt meg nekem, kérem!

Francin: – Hagyom, hogy bennem munkáljon.

Justice: – Szeretem magát, Francinom!

Justice: – Nem félt, hogy megégeti magát? A nagy találkozásban?

Francin: – Feltétel nélkül bíztam, bízombenne. Meg kellett semmisülnöm előtte, hogy tudjak élni, Justice-om. Mert az élet a halálunk után kezdődik.

Justice: – Félelmetesen bátor maga, Francinom.

Francin: – Maga tett azzá. Ahol önt érintettem, ott megszűnt a föld, s csak a lelkek maradtak, akik lángok közt szeretkeztek. Égjünk újra együtt, Justice-om...

Snitt és csend.
A lelkeké az idő, és a várakozásé.
Kis türelem, hogy Francin befejezze történetét.
Majd Justice örökre magába fogadja.

Szeretkezés után

Francin újabb vallomása

– Közel akartam lenni Istenhez.Talán bűn ez, de Ő maga az Élet,és köztem és közte csak a halál áll. De együtt legyőzzük azt is. Igazán érezni akartam rezdüléseit. Hogy hasonuljak hozzá, és átvegyem terhét. Mindennél közelebb akartam lenni a Halálhoz, hogy csókjával kényeztessen.

Gyönyörködtem Isten arcában, teremtésében.

Hogy mellette éljek, pezsgőn és vidáman.

Minél közelebb Istenhez.

De úgy, hogy maradjon rés, ahol a műve belém oltódhat. Szeretem Őt nagyon-nagyon. Művét és gondolatait. Mint téged, Justice-om.

Nagyon szeretem, magamnál százszor jobban.

De egyszer örökre elnyel a mély, és övé leszek.

Eggyé olvadunk.

Hogy mit Ő bennem arannyá tett, személyét egészítse ki és táplálja.

Hogy aranyammal életét hosszabbítsam.

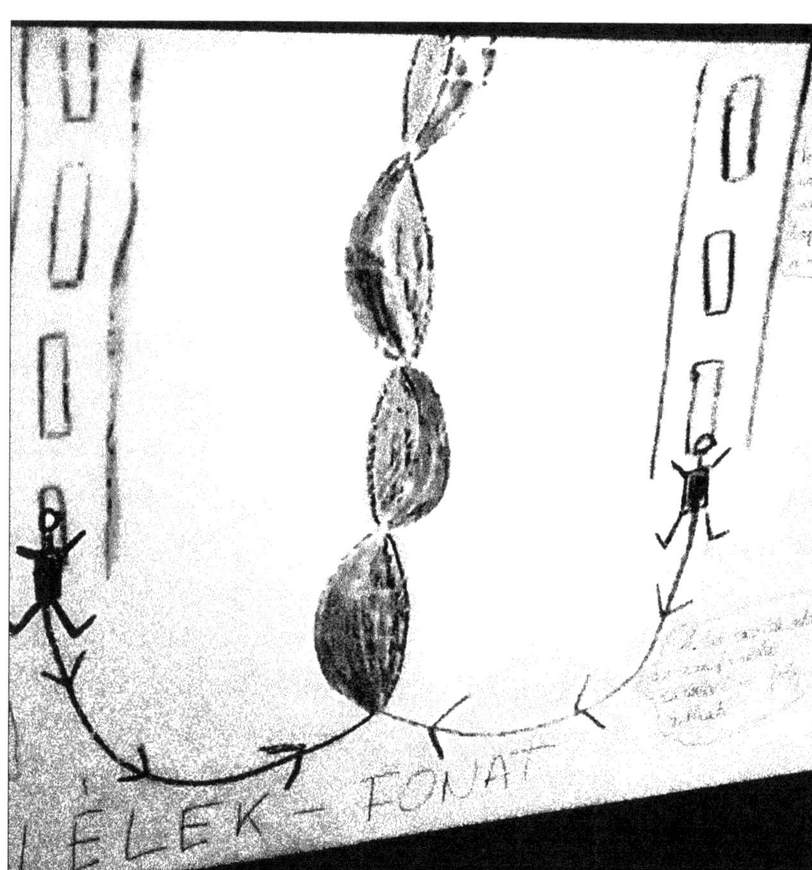
LÉLEK - FONAT

Vulpio kísértése

Hogy milyen rég volt, már magam sem tudta.Még hamvas fiatalkorazsengéjét élte. Hogy is?

Kezdjük az elején. Ballagottaz élet útján. Bőrbekecsétkönnyedén vállánátvetve, kezében a térképpel, mi a helyes utat jelezte. Már látta a zord északot és a hevült, vad zivatart lenn délen. Látottkinyíló virágot és avart, mi kellemest betakar. Mindennek volt szépsége, az igaz, de kereste azt, mi teljesen maradandó, örök és igaz. Mit nem töröl el évszak vagy vad vihar, mi örökké vele marad. Kereste, ki számára a természet, egészben. Kiben meglelihűs patakját és omló bércét. Ki lesznekiaz éltető erő. Ment hát igen vidáman, és leráztamagáról az út porát, mint már oly sokszor. Megtöröltearcátés letelepedettkicsit megpihenni, mielőtt továbblépne, miközben élete lapjait nézegette, miben sok mesés kaland volt. Ekkor megpillantott egy kis egérkét, ki kék damaszt mellénykét viselt, vastag aranyhímzéssel,kezébenfaragott bottal, mi termetéhez képest óriás volt. Közeledett felfelé a domboldalon. Lekötötte figyelmét teljesen. Nem látotthasonló szerzetet még sohasem. Mikor a közeléért, botjával a távolban magasodó hegycsúcsok felé bökött.

Calperion: – Odatartasz,fiam? – kérdezte.Nagyot szippantott pipájából, és Vulpio a könnyed füstfellegen keresztül hallotta gurgulázó nevetését.

Vulpio: – A célom a boldogság csupán – felelte.

Szakállát morzsolgatva azt kérdezte Calperion:

– Megmutassam, hogyan juthatsz el oda?– és nagyot nyelt valamely kék folyadékból. Tekintete villámokkal volt tele, és arca vágytól tüzesedett.

Vulpio: – Megköszönném, ha egy mód van rá! Már igen régóta úton vagyok, jó lenne végre otthonra lelni – mondta beletörődve.

Ekkor egyik gyűrűjének tetejét lecsavarta, különös, távoli nyelven mormolt valamit, mireott termett egy hintó.

– Parancsoljon,nagyuram! Utazásának ára lesz – suttogta-Calperion. – Ha velem jön, bizony könnyebb lesz, de meg kell osztoznia velem a világjáráson. Lehet, illetve, vagyis biztosan megtalálja a boldogságot, de nem maradhat ott! – És itt keményen biccentett.

– Megleli ön,nagyuram, de el is veszti. Nos, döntsön, döntsön, komoly a tét – és kezeit dörzsölgette. – Megleli, ha velem tart, de nem örökre. Vagy maga keresi, de lehet, hogy sosem leli meg.

Vett egy mély levegőt, és egy óriás füstpamacsot dobott, egészen az ég felé. Benne látszódtak kékes kastélyok és gyönyörű réteken viharzó lovagok, kik eszmékért küzdtek, vagy éppen a szerelemért. Vulpio látottott birodalmakat, melyek új korokat mutattak, és mind csábító volt.

Ekkor a sötétség vad orgonája zenélni kezdett, és az eső csendesen szemerkélt. Az élet iszonyat fényszórója a szemébesütött. Belenézetta térképébe és ezt mondta:

– De olyan régóta kerestem benned, veled, és most olyan közel.Ne hidd, hogy elhagylak örökre, de most mennem kell.

Calperion kacagott. Visszazárta gyűrűjének tetejét,és betessékeltea hintóba.

– Calperion mester vagyok,nagyuram, s itt e kéz, csapjon bele hamar, s már útra is kelünk!

– Kössük meg a szerződést! – mormolászta,és egy öreg papirost húzott elő kabátjának zsebéből. – Itt tessék, kérem,aláírni – és önelégedetten nevetett.

A bátor Vulpio kezeit morzsolgatta, és igen keményen vívódott.

„Bejártam a vad vizeket, és nem leltelek. Aludtam a farkasok közt, de nem találtalak. Ilyen közel még sosem voltam álmaimhoz." Fejében apja szavai visszhangoztak:*Ha végigjárod az élet ösvényét, megleled a vágyott boldogságot.* Ezt mondta, mikor kezébeadta a térképet, és útra bocsátotta.

De Vulpiónak már nem volt türelme. Vadul hadakoztak fejében a gondolatok.*De hát miért kérdőjelezném meg atyám szavainak igazságát,* tépelődött.

Vulpio: – De az már rég volt, idejét sem tudom…

Vulpio: – Tudom vissza nincs út, előre meg képtelenség.

Vulpio: – *Nem csapom be, ha most elfogadok egy kis segítséget,-* biztatta gyengélkedő lelkiismeretét.

Vulpio: – Ez nem csalás – jelentette ki nyomatékosan–, hisz' létezik könnyebb út, miért ne választanám azt?

És ekkor fején átfutott egy gondolat, amit még régen látott, egy eszmény, mit úgy hívnak, „meghalni a szépségért". És számára ez volt maga a természet,amit legközelebb érzett magához.

Harcos leszek, lesz kardom, erős vértem, pajzsom, és harcba megyek. Megyek védeni szent és nemes eszméket. És mint hős halok meg, valami messzi vidéken,álmodozott csendesen.

És Calperion elégedett volt.Megtörte ujjait, ezután a magasba bökött mutatóujjával, majd egyenesen a papírra.

Calperion: – Itt, ha lehet, írja alá – és vágyódóan tekintett az üres sorra. Elővette a flaskát és nagyot kortyolt belőle. Majd miután Vulpio nevét odavetette, őt is ekképp kínálta:

– Hűsítő,nagyuram. Meglátja, ez az út maga lesz a boldogság.

Mindketten beszálltak, Calperion becsukta a hintó ajtaját, majd odaszólt a kocsisnak:

– Hajts!

Ekkor iszonyat nagyot dördült az ég, és elkezdett szakadni az eső

Calperion egy nótába kezdett:

Hogyha belőlem nagy lovag lesz,
Elvágtázok hozzád, kedves,
Megfogom a két szép kezed,
Belőled lesz kedvesem…

A vihar lassan elült, és sebesen szaladt velük a hintó. Átvágtattak egy nagy palástnyi réten, és szemük előtt fölcsillant a hófödte hegycsúcson nyugvó kővár, mi ajándék volt Calperiontól Vulpiónak. Az élmény maga fenomenális volt, és a hűsítő hatott, Vulpio érezte a boldogságot.

Calperion: – Hosszú lesz az utunk,nagyuram, dőljön le egy kicsités szundítson egyet!

Vulpio így is tett.

Mikor felébredt, vad kacaj fogadta. Calperion a szeme előtt röpködött. Olyan volt, mint egy denevér, a bőr ráaszott csontos testére és hatalmasat kacagott.Vulpio kezén pedig nehéz vassúlyok voltak, és nem értett semmit.

Calperion: – Ne aggódjon,nagyuram, mindjárt ott leszünk – és önelégedetten nevetett. – Egy kis hűsítőt netán? – mondta diadalittas hangon Calperion, és odanyújtotta a hűsítővel teli kupát. Vulpio nagyot hörpintett, majd álmodta a csodát.

Ott jártak újra a pompás, kacagó réten, és vagy húsz mérfölddel közelebb a várhoz. Szeme előtt megélénkült a világ és gondolkozott.

Mikor bepillantott a vár ablakán, egy csodálatosan szép tüneményt pillantott meg. Szeme olyan volt, akár a tavaszi fuvallat, és bőre, akár a balzsamolaj. És fellobbant szívében a tűz. És lelke elemelkedett a földtől, és tartott magasan az ég felé, és a vár ablakából is elindult egy másik lélek. Vulpio lelke, mint az akvamarinfolyam indult felfelé, míg a Szeretett Személy lelke, mint egy ametiszt folyosó, úgy kígyózott. És találkoztak, s a két lélekfonat egy szőnyeget képezett a felhők ölén. Ahogy találkoztak, felderült a világ, és mindenki sóvárgott a csoda után.

Calperion ezért bosszúsan toporzékolt.

– Még sohasem láttam ilyet!

Kétségbeesett hát Calperion, hogy dédelgetett terve meghiúsul.

De az álom hamarosan véget ért, és Vulpio ott találta magát Calperionnal egy hintóban, a vihar kellős közepén, hatalmas sártengerben, ahol csak alig-alig haladtak. Vulpio már a napok múlását is alig érezte, de ez a látomás életben tartotta benne a reményt. Már látta a fényt az alagút végén, habár most is feneketlen sötétségben éltek. De érezte, hogy van kiút, csak nem tudta hogyan.

Az apjához fordult segítségért,de ő már túl messze volt, hogy tudjon segíteni. Amikor már feladta volna, és beletörődött volna, hogy hátralévő életét a hűsítő és Calperion rabságában kelljen leélnie, felnézett a borús égre és felkiáltott:

Vulpio: – Ments meg engem, te messziben élő Szeretett Személy!

Vulpio: – Minden napom ugyanolyan sötét, és csak a hűsítő ad megnyugvást.

Vulpio: – Ha hallasz, kérlek, segíts!

Ám a gonosz Calperion résen volt, és erre is megvolt a terve. Mikor látta, hogy Vulpio reménykedik, egy váratlan mozdulattal félrerántotta a kormányt, és elindultak megfékezhetetlenül a szakadék feneke felé.

És Vulpio egyszerre sírt és nevetett, mert már tudta, hogy a szeretet ebből a kelepcéből is ki fogja rántani őt. És a két lélekből szőtt erős kötél megfogta a zuhanó kocsit, nagyot zökkentek, és leváltak Vulpio kezéről a bilincsek. Csak most vette észre, hogy nem is voltak igazából rögzítve a láncok, ez is csak látomás volt. De szíve megerősödött, és így el tudta őket engedni.

Vulpio – nem törődve a rikácsoló Calperionnal – kimászott az ablakon, és elindult a két lélekből font erős szőnyegen egyenesen a Szeretett Személy által lakott vár felé. Most már semmi sem állíthatta meg.

Calperion iszonyat csalódott volt, hiszen ilyen még sohasem fordult elő vele. De nem tudott mit tenni. A túláradó, őszinte szeretet legyőzte gonosz mesterkedéseit.

Vulpio megszaporázta lépteit, és rohant egyenesen a vár felé, keresztül a meseszép réten. És az álmában látott Szeretett Személy eléje sietett, egymás karjaiba omlottak. Vulpio ettől még erősebb lett, és most már tudta: van remény a Földön. Leporolta hát ruháját. Nehéz vas vértet vett fel, kezébe hosszú lándzsát fogott, és egymaga elindult, hogy megkeresse Calperiont és kiszabja rá a méltó büntetést, amiért embereket tett a múló boldogság rabszolgájává. Visszatért hát a kies szakadékba, és feldúlta Calperion otthonát. Láncra kötötte és arra kényszerítette, hogy leírja a hőstetteket, miket ő, Vulpio véghez fog vinni. Ennyi mára a mese, jó pihenést mindenkinek.

LET'S
GO

Egy estém Ashton Marygolddal

Romantika? Talán tévedés, ketten játszunk egy pokoli darabot. Kihajolt az ablakba, meredeken előre,kürtölve a világba a fáradt, poros igazságot. Göndör fürtjei mereven pattogtak és hirdették, van szabadság, s a lázadás erény. Hisz' ezek a tincsek fellázadtak a megzabolázhatatlan, kérlelhetetlen valóság rideg vallomásai ellen!

És vadul, néma,kósza küzdelemben virítottak és ordítottak: még van remény. Kezei az omladozó párkányt keresték. Apró menedékképpen az összeomlás elől. Szorosra vonta köntösét, s így még élesebben látszottak testének körvonalai.

Kósza: – Jaj, az édes, játékos természet, hogy mily csodát alkotott.

Jóleső kacaj.

Marygold: – Hát igaz, ezt is túléltük, és csak nevetünk. Nem érhet baj!

A baj már megvolt, de ezzel, mint a méh vagy a darázs, ellőtte fullánkját, és már nem sebezhet meg.

Marygold: – Igen, bátor voltam– mondta, s az elismerés hátra taszajtotta, egyenesen bele a puha ágyba.

És a gondtalan kacaj feloldotta a feszültséget. A szoba is jóhiszeműen dohogott. És vidámságot árasztottak a falak.

– Jó volt találkozni Ashton Marygolddal!– mondta a sarokban ülő kósza. És merengett, szemét le nem véve a drága kincsről.A kincsről, melyről gyerekkora óta álmodozott. S a béke és a harmónia tompa puffanása volt a záróakkord. Minden tele volt, és minden egyben üres. És csak nézte a kacagó Ashton Marygoldot.

Második estém Ashton Marygolddal

Kósza: – Félsz? – S nekihanyatlott a téglafalnak. – Érzem a szemeden, hogy félsz, látom a leheleteden, hogy félsz – szúrta oda

Marygold: – Nem félek! – vágott vissza keményen. – Hagyj békén ezzel az avantgardista baromságoddal. Fejezd már be, kérlek! Hallgass! Csak nézz, és simogass a tekinteteddel – kérlelte a sarokban ülő fiatalembert.

Marygold: – Látod, van igazság! – törte meg a csendet. – Látod? Van igazság. Vedd tudomásul, hogy van! Miért hallgatnál rá? – fakadt ki tisztán, egyenesen.

Kósza: – Gyermeteg beszéd! Az, amiről beszélsz, tudniillik nem létezik Csak egy illúzió. Érted? Vak illúzió. Értesz te engem egyáltalán? – pattant ki a feszültség bugyraiból.

Marygold: – Szép história! Tudod, láttalak valahol mélyen, mikor a szívembe tekintettem.Képzeld, van ott egy hely, csak neked.

Kósza: – De hát igaz, ami igaz, ha te így döntesz, nem lehetek többé önmagam. Ezt nekem is be kell látnom. De az lehetetlenség, nem tudok kihátrálni – törelő az őszinte sóhaj a férfiból.

Marygold: – Szeretsz te engem egyáltalán? – csapott le villámként a kérdés súlya.

Marygold: – Szerettél engem bármikor is igazán? – hitetlenkedett a nő.

Marygold: – Tudnád ezt őszintén, a szemembe nézve kijelenteni? Vagy ez csak egy álca? A te álcád? – Dühös szózat a lélek mélyéről.

Kósza: – Hogyan tehetném ezt meg veled? Nem látom, nem látom, nem látom, nem értem – viharzottak a szavak egymás után.

Kósza: – Nem, nem tehetem meg, képtelenség. Szívem legmélyebb ábrándja vagy. Mindennél jobban szeretlektéged,igazán szívből. Ha hiszel még nekem! – Elült a hang, s a koppanások a falon nyomot hagytak. Pattogott, vibrált a feszültség.

S a férfi a nő vállára hajtotta fejét. Hosszú, barna haja szétterült Ashton hátán, s mint egy gyermek, őszintén zokogott. Nem értek semmit sem a szavak. Ez jelentett mindent. Ahogy odaborult, és mert bocsánatot kérni. S nem színlelve, igazán, mélyen, szorosan a másikba kapaszkodva, az érzésektől fuldokolva, nyíltan, őszintén, kisded módjára kifejezte érzelmeit. Ez többet ért mindennél.

Kósza: – Hallak! Hallom a lélegzeted, és a szíved nyitva van, és látom magam, hát tényleg igazat mondtál, hát tényleg igazán szeretsz.

Marygold: – Kételkedtél benne?

Kósza: – Egy percig... Talán egy pillanatig. Fájt, hogy olyan messze vagy!

Marygold: – De hát csak egy karnyújtásnyira voltam.

Kósza: – Az is sok!– zokogott.

Marygold: – Az is sok! – tett nyílt vallomást.

Kósza: – Csak téged szeretlek, kicsi kincsem!

Harmadik estém Ashton Marygolddal

Marygold: – Maga téved! Hogy szerethetném, ha állandóan elhagy?

Marygold: – Maga már megjárta a poklot, vagyis újjászületett!

Marygold: – Maga elviselhetetlen fráter. Igen, igaza van, megjártam a túlvilágot, de magát akkor is szerettem!

Kósza: – Tudtam én – nevetett.

Marygold: – Maga tudja, tudja, de mi lenne, ha velem is foglalkozna, nem csak a háborúival?

Kósza: – Ha azt mondja, hogy így csináljam, abbahagyom, de többet nem fog szeretni. Sohasem.

Marygold: – Úgy érzi, ezzel meghat? Törődjön velem, maradjon itt, és kész. Nem bírnám ki, ha odaveszne egyszer.

Kósza: – Akkor maradok– sóhajtotta ki a bánatát.

Marygold: – Bíztam önben mindig! – és átcsókolta a falakat vad hévvel.

Marygold: – Szeressen szívből,kedvesem!

Kósza: – Maga a mindenem! Maga a lelkem! Maga a testem! Maga, maga, tudja mit szeretek magában? Azt, hogy olyan kristálytiszta a lelke, mint a gyémánt. Itt a kardom, törje ketté és vége. Nem viselek több háborút sem oszmánnal, sem Habsburggal, sem senkivel.

Marygold: – Maga kinevet, tudja, hogy törékeny vagyok. Megyek magával! Kovácsoltasson nekem kardot.

Kósza: – Önért mindent–harapta át a levegőt. Beleszimatolt a lány hosszú hajába. És erővel telve felhevült.

Marygold: – Könnyedén leoldotta kardját és a kandalló fölé akasztotta.

Kósza: – Önnel maradok.

A lány ragyogott.*Hát mégis szeret.*

Marygoldlevetette a pongyolát, becsukta az ablakot és odaadta magát a Kószának. Ezzel a történet lezárva.

Szeretkeztek könnyen, halkan, sok öleléssel és gyöngédséggel fűszerezve.

De a reggel hamar lepte meg őket.

Egymás ölelésében ébredtek.

A Kósza felnevetett: – Szerelmem, tudja, maga a lélegzetem, maga nélkül fulladok!

A lány boldog volt és elégedett. Ragyogott, mint a nemes acél.

A férfi pedig nehéz volt és sima, mint a tenger, minek vizét a vihar kisimította.

Sosem ér véget a boldogságuk, vagy mégis?

A folytatás holnap majd kiderül.

Egy kard az ágyon, és egy levél.

A lány felült.

Buborékban: – Hát elmentél, de vajon hova? Itt a kardja, és alatta egy levél, de vajon mi áll benne?

Mély sóhaj. Nyújtózkodás.

Marygold:–Hideg van.

Kitekintés az ablakon.

– Ja, nyitva hagyta!

Morcos összekuporodás.

Marygold: – Ez nem szép dolog. – Villant a drága pongyoláért. Ablak be.

Leült a finom szőnyegre. Valami hiányzik. Előkapta a levelet.

„Drága egyetlen szép szerelmem!Vérzik a szívem, de nem maradhatok veled. Azt kérted, hogy haljak meg előző este, hogy hagyjam ott, ami vagyok. Hogy hagyjam ott az életem.

Hát legyen, mert szeretlek, de mától csak levélben érintkezünk.

Ne gondold, hogy rosszat tettél! A szív lélegzetvételét követted. A te szíved tett bajnokká, és tesz most könyvmásolóvá.

Ne kérdezd, hová megyek, ahová az Élet vezet. Meg kell találnom az új utam!

1000 mérföldet is vágtatok, hogy megtaláljam a küldetésem.

Most gondolkodom, hogy hazám mondáit fessem-e meg először, vagy a Nagy Király könyveit másoljam életem végéig?

Te melyiket mondanád?

Ne sírj, úgyis fogsz sokat.

Inkább sírj, temesse be emlékem zord homály.

Ne feledd, csak téged szerettelek életemben, bárhány szeretőm volt is. Na, térjünk a tárgyra.

Azt kérném tőled, hogy rejtekezz el. Minél mélyebbre bújsz, én annál jobban örülök.

Még mindig érzem a szívverésed. Tudd, ha bajban vagy, ott termek.

Szeretlek jobban, mint valaha. Fejem valahányszor puha válladra hajtottam, kiűzted a fájdalmat tagjaimból.

Légy erős és szép, angyal!

Mindenem a tiéd, az is volt, és az is marad!

Örökös híved, atévelygő kalandor, vagy ahogyan emlegetnek, a Kósza."

Marygold: – Na, szép, sírjak meg legyek nyugodt, na, még mit nem! Egyik sem megy.

Marygold: – Ott akarok lenni veled – mondta durcásan.

Marygold: – Odaviszem a kardod, még hogy levelezés. Át akarlak ölelni, és szeretném, ha gyerekünk is lenne.

Mutatóujj az égbe: – Bár ahogy érzem, lehet, hogy lesz.

Marygold: – Nem, teljesen biztos.

Marygold: – Ez a manus, hát kész kabaréműsor, hogy majd könyveket másol, mikor tízesével vágta le az ellent.

Marygold: – Na jó, most jön a rontom-bontom.

Marygold: – Elmegyek az első kovácshoz, csináltatok vértet, és kitanulom a harcművészetet. Ennyit erről.

Marygold: – Nem, ne álmodozz. Hol vagyok a legnagyobb biztonságban?

Marygold: – Ez nem is kérdés, egy kastélyban, ahol nővérem él, oda kell menjek.

Finoman felemelte a nehéz vértet, bekötözte egy pongyolába, és felöltözött finom bársony ruhába.

Énekelt közben. Majd leszaladt a faluba, felfogadott egy kocsist, felrakták szépen a vértet és a kardot. És elindult a mesés kastélyba, mit csak a Csend Fészkének neveztek.

Miközben haladt a szekér, levélírásba kezdett, és mindennap írt egy levelet, most ezeken a leveleken fogunk végigszaladni.

Szép álmokat, fiatalok!

Marygold gondolatai

Hogy miért verem?
És nem Lángvihar az éjben?
Szüntelen keres a szívszív-jelet!
A jelzés ezidejűleg szüneteltetve!
Így jaj, nem talál!
Csak vacogás, vacogás!
Engedj el, engedj el! Engedj, s élj!
Nem kell engedély!
Engedd szabadon, hisz' elment rég.(Azt meg hogy?)
Nem, keresem! – Nem keresem!
Kell a jel,
A szívzörej
A szívzörej

Biztos jel, biztos jel!

Ashton Marygold vadul keres.

Marygold: – Jaj de kár, hogy már nem látlak!
    Jaj és hüpp-hüpp, potyognak a könnyek a hóba, a hintó áll,
a két gyöngy-szem nyomokat figyel a hóban.
    Marygold: (Sóhaj) – Jaj, csak egy szívzörejrebbenjen már fel!

Ashton gondolatai

De semmi, semmi se!
Jaj nekem, hol a kedvesem?
Bökögettél mindig ezzel-azzal!
Most már nincs több gondod velem, mert nem vagyok ott! (A
Kósza mondogatta)

Na figyi!

A Kósza válasza

Fáj, hogy fázol!
Meghallottam a könnyesőt a hóban!
Nem lehet, hogy nincs szívem!
Mindjárt vissza is fordulok.
Remélem, még ott fogsz állni.
Na, ez a tánc, gyerekek,
Nem gyöngy-románc,
Igazi tánc!
Szétszakító-forrasztó,
Csábító-ellökő!

Kósza: – Igen, írok neki levelet, mivel nem sejtem, hogy már úton
van a lovahátán, és mindjárt itt lesz, és átölel hévvel.

Marygold: – Igen, hallottam a szívzörejt, még dobog! Úgy érzem, értem dobog, bár a történteket nem értem, de nem nagy gond!

Az új találkozás

Marygold: – Rögtön vártam a jöttedet, áhítottam szemed fényét, nem hiszem, nem hiszem, de megleltem a sötétedő estében!

A kósza sebtében vágtatott felé, fején kék kalappal, szívében édes szavakkal, lelke vitte, röptette a lovat. Egyszerű ruhában, mit a kolostorban neki adának, érkezett sebest.

És dobott egy üzenetet.

Kósza: – Ugye a forróság, mi elemészt, az táplál igazán, ugye? Mi elűzi a félelmet, így helyet készítve más, finomabb érzelmeknek, mint a törődő szeretet. Mint a tűnődő öröm, mint a gyúlékony szerelem, mint a tétovázó vágyakozás, mint az émelyítő álom-hidak, mint a falon is áttörő vonzalom, mit szemmel nem láthatsz, mit értelmeddel nem érinthetsz. De ez kell, kell a hely, nem lehet félelem, nem lehet félelem, gyújts tüzet a szemekben. Gyúlj fel tűzként, és vidd szét az örömet.

A lányhoz közvetlenül a Kósza:

– Felvillanó lélektünemény, hogy lehet szíved ilyen gazdag érzelemgyűjtemény, ily nemes ajándék? Vajon tényleg létezel-e? Vajon nem csak álmodlak, kedvesem? Hol végleg megpihenhettem volna, te ültél éjjel ablakomba, és ittam szavaidat; hol bújtam a gyertyafényhez setét éjjel, ott éreztem bőrömön finom kezed. És maradtam, mertem maradni, mert nem akartam neked rosszat, de hogy álmomban láttalak sírni, megadtam magam teljesen. S most itt vagyok.

Kósza: – Fel, napfény, most látni kell! Ahogy két test eggyé olvad el, mert ég a láng! Kedves cimborám, körülhordoznád?

(Sóhaj, sóhaj, sóhaj.)

A Kósza gondolatai

– Van-e édesebb szavaidnál, van-e kellemesebb, ahogy őrized tüzem, van-e vajon nagyobb jó az életben?

Vajh mivé leszek, ha nem ihatom be szemed tavának cseppjeit, vajh mivé leszek, ha nem szoríthatom kezemben szabadságunk láncait?

Mert ezek láncok, de szabadság!

A láncok tesznek szabaddá!

S az öröm nem volt fogyóban, és közeledik a kétember egymáshoz, s majdnem egymáshoz érnek, de ezt csakis holnap.

Gyülekeznének a vágyódás egei, mik eggyé mossák a lelkeket! (Sóhaj, sóhaj, sóhaj.)

Kérdés: – Vajonha nincs vágyódás, vajon van-e értelme az életnek? Mégha a távolság is ad helyet az érzelemnek, akkor is nemes.

Távolság, hiány,epekedés és robbanás, körforgás egyben.

Ázott szívek koccanása

A Kósza:

Kerestelek.
Kerestelek a fák ágán csücsülő madarak énekében,
Kerestelek a szálló hó köntösében,
Kerestelek az élet rejtelmei között,
Nem bírtam tovább.
Egy este belém hasított fájó szíved verse,
És jöttömmel nem késlekedhettem.

S a fiatalúr leszállt a lóról, és keze a másik kezét vadul kereste. Szaladt a kéz, víve a jó hírt és a meleget. Tudta, hogy nincs tovább, ez lesz a veszte, de nem bánta, mert élvezte.

Mert lehet élvezni a veszélyt s a veszélyben izzást, sokszor előlendít titkolt bástyákat. Hát, most itt állunk. Sok-sok kérdőjel, de van talán megoldás.

Adjunk szót Ashtonnak:

Kis liget vagy nekem, hol lehajthatom fáradt fejem.
Ne hagyj el, kérlek, többet, mert a szívem megszakad.
Megyek veled, bármerre is mész.
És a kéz vadul szórta a meleget, s körülfonta a szeretett fejet, és
a Kósza Ashton fülébe édesen súgta:
Hát van-e álmom, miben nem lennél benne?
Hát van-e harc, mit nem érted vívok-e? (Sokszor magammal.)
Vidd el sóhajom a királynak, vidd el sóhajom a világnak. Küz-
deni fogunk a szabadságért!
S ekképp te leszel a nőalak, ki híven tükrözé a harc nemessé-
gét, mely nem indulat.
Tudtam, hogy hibázom, de míg meg nem hallottam szíved zo-
kogását, nem tudtam biztosan.
Mit álmok szigetén láttam, lefestettem, íme, a pár tekercs.
Biztos a jel, hogy a változás talaja már meleg.
Szeretlek!
S itt forrón csókolta kedvesét, majd lóra pattantak, és elvágtáz-
tak a királyi udvar felé.

Ashton: – Már azt hittem elfelejtesz – jegyezte meg a kisasz-
szony durcásan.
De ahogy átkarolta a Kószát, valahogy érezte magában az erőt.
Ashton: – Veled leszek örökké, örökké!
Ashton: – Veled leszek, s leszek hősnővé!
S ahogy így elrendeződnek a dolgok... Ó, jaj, dehogy rende-
ződnek. Na jó, most egymásra találtak újra, és valószínűleg ez
így is marad, na de mi lesz a paránnyal, kit a leány szíve alatt
hordoz?És vajon nyerhetőek-e a csaták?

Úton

Kérdések a Kószától

Azt hiszed, hogy félek az élettől? Mert hogy a haláltól nem, azt tudod!

Azt hiszem, érzem az élet ritmusát, ha csönd van a sötétben?

Már tudom, dalban vigadva halni meg, milyen szép az, s ezt, mindig ezt láttam szemem előtt!

Van-e folytatása a szüntelen felfelé vezető lépcsőnek, vajon meddig lehet felkapaszkodni úgy, hogy még érezd a földet?

Vajon hol az a magasság, ahol szédületes gyönyör végez az emberrel?

Vajon van-e oly magasság?

Válaszok a gyönyörű Ashtontól

Tudtam, hogy jönni fogsz, és azt is tudtam, hogy meg fog változni az életem, de te nekem sokkal több vagy, mint amit a világ adhat!

Mindenben veled!

Nem hiszem, nem láttalak még félni, sosem éreztem a kezeden. Túl erős vagy a félelemhez. A félelem a gyenge embereket szereti, mert őket a kezében tudja tartani. Hogy az élet veszélyes-e? Hát nem tudom, szerintem óriási küzdelem nélkül nem éreznéd jól magad.

A Kósza gondolatai

– Várj, Szívecske! Az élet, hogy mi is az élet? Hisz' minden, mit éltünkben teszünk, az maga az élet. Ezernyi árnyalattal fonja be halántékunk, mint apró szivárvány. Te harcos vagy, harcosnak születtél, neked ez az élet. Ne dobd el többet magadtól, ezért sírtam annyit, mert féltem, hogy végleg meghalsz. Teljesen, és akkor kit szeressek, kit tudnék szeretni? Ha téged elvesztelek, akkor vége mindennek, szívem fonatja megszakad és kiborul, és teljesen üres. Ne tedd meg! Maradj magad, és akkor élni fogsz sokáig. Az emlékezetben, a történelem hasábjain, a mesékben, dalokban. Ez igaz áldozat, mit elfogadni csak a bátrak mernek, kik hordozzák a lámpamécsest az emberek előtt. Hogy legyen fény, hogy legyen fény. Hisz' magad vagy a fény, csak meg kell érteni. És érezni a húzást a veszélyes mélybe.

Ezt én válaszolom meg! Na, tessék, van ilyen is. Ki a gyönyört keresi, bizony sokszor eltéved, de ha érzed, hogy éget, és nem engeded el, hanem mész tovább, bizony darabokra szaggat és eléget, ez az igazi végzet, melyben, mint a tiszavirág, hol értelmét nyeri az életének, és éli világát, pontosan ott nyeri el vesztét. Oly tökéletes ez, hogy nem találni párját. Keresd a gyötrelemmel kikövezett gyönyört, és ha érzed, hogy tökéletes kezd lenni, merj rádobni pár lapáttal. Hogy a tökélyben elveszsz, és éltednek nyersz új értelmet. Hol új értelmet nyersz éltednek, ott szabad leszel és tiszta, merj elégni, akár százszor, újjászületni akár egész ezerszer, míg húz a szív a Nap felé, hogy építsd a lépcsőfokokat az ég felé, hol egyesülsz az égető Nagygyal, ott megleled a tiszta ünnepet, mit nem szennyez be semmi sem. A lépcsők, melyeket építettél, ott új értelmet nyernek, ne féld a magasságot, ne féld a mélységet, ne irtózz a koromsötétben, hordozd kezedben a mécsest. És egyszer megtalál az áhított magasság, hol már csak te vagy és a Nagy, és ott leszel kibontakozva, és már nem lesz több vágy, a szívek felrebbennek, mint a galambok erős lépésre. Felrebbennek, és a szív többé nem hordoz súlyokat.

Ashtonhoz: – A fényekkel beutazott lépcső a te utad, a fényekben felfelé törő, nem szunnyadó, az leszel magad. Merd, merj, ne féld a magasságokat.

A Nap lement-e?

Ashton gondolatai

Hol vagyunk? Mit számít a hely, hisz' itt vagy velem!

Várj egy picit! Ne legyen cél! Ne legyen cél! Csak a szabadság egyes-egyedül. Érte fogunk élni, és érte fogunk meghalni.

Nem túl veszélyes ez? Nem, nem hiszem! Maradjon csak így. Csak először fel kell keresnünk, hogy megkérdezzük, hogy jól van-e! (Nem elfojtott kacaj)

Számít-e, ha az egész világot érte fel kell dúlni, égjenek a szalmalángok. Nem számít az. Ha előcsalogatjuk és itt lesz velünk, nem fontosabb-e az? Csak hol keressük? Hol van még neki ebben a vad világfelfordulásban hely?

A szívek mélyén régen ott lakott, ha jól gondolom, de ma már ott is szűk a hely. Az erdőszabadságában hordozta végig, de most ott is üldözik őkelmét. A tenger mélyén próbálta magát meghúzni, de ott sincs már! De nem is ez a kérdés, hanem hogy hol tudunk neki helyet fabrikálni, talán a saját birodalmunkban? Ott ki lehet hirdetni, hogy ez a szabadság otthona, és csak az jöhet be, aki ezt el tudja fogadni. (Nem burkolt fellángolás)

Mintha egyek lennénk két darabban, mintha hallanád a gondolataim is. Mintha egy hajszál sem lenne a lelkeink között.

Szép ez az este. És még szorosabban ölelte, és itt már megnevezhetjük Ashton Marygoldot, ki nem titkolva érzelmeit, kifakadt ezen a ponton.

Igen, birodalmat a szabadságnak, a Szabadság Birodalmát kell, hogy megalkossuk. Ez kell, hogy az életnek, mi bennünk van, célt és értelmet adjon. Csak egy csett, és ím, táncra perdült a kisasszony. Te kerestél engem, vagy én kereslek téged, mit számít, a lényeg, hogy találkoztunk. És ennek most így is kell lennie, elindulunk, hogy a szabadságot megkeressük, és valószínűleg őis keres már, és akkor egymásra találunk egyszer. – Óh, ohohó – kacagott vad hévvel a Kósza.

Mint a táncban, ahogy elmélyedünk egyre jobban, úgy kerülnek félre az akadályok, és a végén már csak mi vagyunk, bárha százak vesznek is körös-körül. Most hárman vagyunk talán a táncparketten. De ugye, mi ketten csak egy. És megtörtént a felkérés a szabadságot illetően. Úgyhogy kezdődhet a tánc. Én leszek a hősnőd, csak kacsints néha rám. – A lány hátán finom borzongás futott végig. Igen élvezetes ez, belegondolni a ragyogó kalandokba,mik meg nem fogyatkoznak, és el nem illannak.

Mennyi finom édesség, mi vagy te,élet. Nem fogyatkozik meg hitem benned. Hát kaptunk új célt. Egy birodalmat a szabadságnak. Mély főhajtás a Teremtő előtt. Készen vagyok!

A Kósza: – Én is készen állok!

És leszállt az este.
S a két test egymást ismét vadul kereste!
Bár ott feküdtek egymáshoz közel.
Mindentől messze, álmokkal takarózva, a természetben.
És a titkokat ki fürgén leste,annak maga volt a tökély eme este.

A Kósza vallomása

Csak egy bűnös vagyok, nem hiszed?
Ott vannak a láncaim!
Hordozom? Igen!
De miért, hasít belém a végtelenbe vágyódó hangja.
– Nincs felmentő ítélet, hordoznod kell még sokáig!
Mit félsz a szótól, mi kiömlik, majd betemet?

Ashton álma

Mid nem voltam még, bajban elrejtő takaró, mi volt, mit nem tettem meg teérted?
Nincs, és sosem volt határ!
A baj a maga útján halad, és szalad!
A baj veled marad, míg el nem hiszed, hogy nincs szükséged rá!
A baj a maga útját járja, nem lehet megfékezni, hisz'szabad!
Mint hűs ligetben a kút vize a vándornak, nemde az voltam teneked?
Nem érzed, hogy szeretlek, hány szívtől szálló szó kell neked?

Még halálomban is szívből szeretlek, és szeretni foglak.
Nocsak, kikelet, és Marygold is ébred.

Kósza: – Mindenem?
   Kósza: – Lüktető szívverésem, az vagy magad.
   Ashton: – Gyógyítalak, míg szükséges… Hévvel érkező.
   Kósza: – Mim nem vagy nekem, hisz' benned kezdtem el élni!
Benned rejtőző életem!

A kósza vallomása

S mikor üdvözlő csókot dobok fel a Halál zászlajára, s izzó acél-
ként lángolok, gondolatban csak melletted vagyok.
   Te tartod elém az óvó-védő pajzsot.
   Szüntelen bolyongásban, mely a tévedés, akként aranylott fel
ragyogó szíved éppen elém. Hogy minduntalan tudtam, hogy elér-
kezik az idő, mikor sorsot nyer a szenvedő, mikor szabadságot nyer-
nek a szavak, mikor édes az álom, és édes vagy nekem, pirkadat.
   S a szeretetben eggyé váló lelkek ekként ütköztek a hajnal
küszöbén, és vadul törtek a hűs hegyek felé. Látták az utat.

A Kósza hajnali gondolatai

Hogy miként fújna másként a szél, ha elhagynám bánattal át-
itatott szívem, s lennék szabad, s magamnak s neked idegen?
   Ha múlnia kell, majd múlik, csak maradj mellettem, hadd,
igya be szívedlelkem tavának tükrét.
   Köszönöm, hogy most is vagy nekem vigasz!

A Nap kincse a rejtett arany,
   Mit őriz forrósággal, s mégis szívből ad.
S mi élteti, abban leli vesztét.
S pusztulásába örömmel, büszkén rohan, mert sokaknak volt
   segítség.

A várt feloldozás sajnos elmarad.

Mi kulcsa a létnek, az szívbe zárva van, de értelek téged, így a vágyódás még vadabb, hogy minden mélységnél mélyebbre jussak, nincs határ. A szeretet hordoz annyi erőt, hogy hordozza a súlyokat. Vágyódva, mindig vágyódva vártalak. Ha segíthetek, bizony az felemel! S hogy itt vagy, boldogság, hogy szerethetlek, és kiszerethetlek akárhány mélységből is.

Vágyvaakarom utad!

Lehet tán a baj erősebb lánc, mint bármilyen tudat? Lehet, tán a nehézségben születnek a nagy dolgok, s a két szív egymást akkor még igazabban vágyhatja, mert ez enged nekik felengesztelő utat.

Dönthetsz úgy, hogy nem hordozol tovább, mert lehet, hogy édesebb a szabadság, csak mondd, csak mondd, és elengedlek!

Gondolatok és jótanácsok a pártól

Van-e nemesebb út a megszakított vágyódásból nyert óriás, üvöltő, romboló erőből, mely ott nyer értelmet, hogy a magasból leakasztott koszorúkat, a vágyban születetteket, odaadja társának?

A felszentelt, koholt idegenszentélyeknek hódoló vadvilágtól elcsent apró vigaszok, mik értékesebbek, mint száz aranyak. Eltévedés a semmi közepén, lehetséges-e az? Eltévedés, hol nincs kikövezett, sem járt utam? Miért a keresés, ha nem talál, s ha oly egyértelmű, mégis más utakra vágy? Mi fedi el szemem, mikor látni akarok?El veled, homály! Fel a vadvizekre, áhítom a vadon igazságát, a tettek nemes voltát!

Akarattal élni nem lehet. Hagyd, hogy a szívhangok vezessenek. Hagyd, hogy mutassák az utat. Megnyertél engem magadnak, s mint hálám ezüst jele kísérlek, végestelen végig. Mikor célba ütközünk, nemde megremeg szívünk. Hol célba ütközünk, nemde onnan rögvest menekülnénk, de már kicsit késő, hol új utat nem találsz. De a cél, ha siker, megszüli gyermekeit, és ontja a lehetőségeket. Ne félj attól, hogy már célba értél. Az csak megpihenés, hogy nagyobb lendülettel indulj tovább. A vágymegszakítás nem lehet folytonos, akarni kell szüntelenül megújulását. Maradj örökké velem! Maradj itt mellettem.

Ezer sziget közül, nemde nemesebb, késő csókkal oldod fel a másik lényét. Mintha a lopott időkkel segítenénk a hamvadó reményt újjá kovácsolni. A lüktetés! Tudom, a lüktetés, mint alap, a soha meg nem szűnő hullámvasút, mi egyre erősebb és erősebb lesz, míg el nem éri végét, miben kiteljesedhet! Nem út az, mi egyenes, és ott nincs helyed. Pontosítok: helyünk. Bárcsak 10 évvel ezelőtt már ismertelek volna!Vágymegszakítás. Eszelős vágyódás. Robbanás.

Nem, ezt nem lehet örökké, ebben mindketten elveszünk. Mi volt a múlt, az annyiszor erősen vállamon megpihen, s látom szemében az örömkönnyeket. Nekem vagy a múlt, az örökös folytatás, és az állandóság. Ezer titok. Közeli ismerős. Távoli rokon. Meghitt ölelés. És csókban elnyújtott újra-találkozás.

Végtelen hullámzás, miben a közelség és a távolság megijed egymástól. Annyira nem értik hogyan lehet, hogy mikor távol, pont itt előttem, és mikor mellettem, együtt veled minden rezdülésben. Miért a sóhaj, ha nincs feloldozás? Segítsétek egymást! Ne félj tőle, hogy megszűnik a vágy, ne félj tőle, hogy az ellopott kincsek egyszer vádpadra ültetnek.

Miért ez örökös vívódás? Születni erre, erre születni kell. Jön a lelkesedés. Ugorjunk vágyhidakat. Száguldjunk rajtatok, lehetetlen utak!Mi kincsek már túl magasok, én már csak bennetek bízom. Követlek, bárhová is mész.

Miben megszületik a gyermeki arcod, arra vedd az irányt! Légy kicsiny gyermek, és akként szeress. Nem bírom máshogyan, hogy veszélyben az életed. Nem kell más csoda, nem kell könnyed vacsora. Pusztulásotokra tor, én nem mehetek, ott nincs helyem, csak a változás puha selymét akarom. Mindenben veled. Miként a sors mellém rendelt. És el nem mozdít többé soha. A cél, mi újult erővel felépül. Vajon van-e ilyen? Hogy a céljában nyeri el az ember az életét, s ahol addigi énje odaveszik, ott lesz igazán álmokkal teli. Mily csodás vagy, természet, és te,nagyuram? Mindent értek talán. Minden lehulló csepp az élet oltárán. Szabad vagyok. Talán azt hiszem, végre szabad vagyok!

Mint körbefonódó koszorú fejem körül, oly édes a felismerés, hogy születik egy még nemesebb, egy még nemesebb erény, és hozzá a vágy. Alakul, alakul, cimborák. Csak fel-fel, tovább.

Együtt álmodva.

Kósza: – Azt álmodtam, hogy talán egy másik világban sikerülne!

Ashton: – Hallottam, mit mondtál, de ebben a világban is sikerülni fog, mert melletted leszek!

Kósza: – Igen, veled, drága gyöngyöm, veled sikerülhet, mely minő gyöngy te vagy, nincs több szélesevilágon, és harcban edzett testem zsoldja az erő, mi szívemben él mozog, lüktet, félre, el,

homály, látni akarom magamon, hogy az erő kiáradhasson be-
lőle, mi sorsomul osztályrészem!

Kósza: – Legyőzzük százszor is a halált, mert van hitünk, s
a hitből fakadó remény.

Marygold: – Légy azzá, ki vagy! Légy azzá, ki voltál. A Kósza,
kit a világ kivetett! S így szereteted a világ irányában olyannyira
megnőtt, hogy felékesített az atya olyan testi erővel, hogy a fa-
lak, melyek előtted állnak, maguktól hanyatlanak majd romba!

Szabadítsd fel álmaidat, ó, te nagyvilág!

Kósza: – Vártam, hogy szemeden lássam, hogy küldesz és
vársz, ó, mily csodás ébredés!

Hirtelen tél

A Kósza levele

Kérhetnélek másra, hogy szeress?
Mi mindenem voltál, az is maradsz, de nem akarlak veszélybe sodorni!
Elmegyek!
Míg alszol, tán érzed álmodban.
Itt a vége!
Veszélybe megyek, ezer, hőn áhított veszélybe, mi otthonom, életem! Nem, az életem te vagy!
Te adtál életet nekem, ki nélküled semmi se vagyok!
Érted élek és érted halok, szeretlek, nagyon szeretlek, magamnál jobban, százszor jobban szeretlek, de itt a vége, neked élned kell helyettem!
Mi benned voltam, a csoda!
Aludj, meg ne riadj, vad lelkem el nem riasztott, ímhol, testem is odadobom, de nyerek, minden csatát megnyerek érted!
Ez vigasz nekem, mert nem tudtalak túlszeretni, nem tudtalak túlvinni a halálon, nem akartam ezt neked!
Bocsáss meg!
Bocsáss meg!
Bocsáss meg!
Szeretlek.
Szeretlek.
Szeretlek.
Ez a levél, mely neked marad, szeresd, mit neked adtam, szeresd, mi bennem volt, szeresd a lelkem.
Odaadom örökbe.
Visszajövök majd érted.
Visszajövök, mint eddig is százszor, hogy szerelmünk legyen folytonos.

Különös jutalom

Justice: – Ez a jutalmunk, Felice, azért, mert mertünk álmodni egy világot, és kitartottunk az álom mellett, és végigvittük a megvalósulás útján!

Justice: – Érted, Felice, megvalósítottuk a saját világképünket, nem zavart sem az, hogy hatalmas, nehéz köveket kellett elhengergetni az útból, és az sem, hogy a végsőkig ki kellett tartanunk, a legnehezebb helyzetekben is erősen kellett hinnünk. Akkor is bízni kellett, mikor egy marék sikerünk sem volt, és egy hajszálnyi esélyünk sem.

Justice: – Gondolhattuk volna, hogy a terv is elég az elismeréshez, gondolhattuk volna, hogy az erőfeszítés hatalmas volta is elég ahhoz, hogy büszkék legyünk magunkra, és ebben az állapotban hátradőljünk és elismerően bólintsunk: – Igen, ez így szuper volt!

Justice: – Érted, Felice? Sosem szunnyadtunk, sosem ingott meg a hitünk! Vagy mégis? Nem baj, de nem aludt el a láng, és egyre-másra győztük le az akadályokat, és most már itt állunk a művünk felett, és kész! És már nem kell többet tennünk. Most már megalkottuk, működik nélkülünk is! Elhiszed vagy sem, ha letekintesz, látnifogod.

Justice: – Ezt üzenve azoknak, akik nem félnek a reménytelentől és bíznak abban, hogy egy jó társsal az ember sokszor többre képes. Igen! Akik nem rémülnek meg attól, hogy a sikeregy, a kudarc lehetősége pedig több száz, és minél közelebb vagy a célhoz, annál fájóbb a kudarc esélye, és annál élesebb a bukás tőrje, és mégse rettenj meg! Na, ez az, ami elismerésre ad okot. Gondolj bele, barátom, hogy a célodhoz 1000 lépcsőt kell megmásznod, és minden lépcső egy nap, és minden nap 1000 esély a vereségre, hogyott, a hegy alján azt tudd mondani: Igen, ha mindent megteszünk, biztos a siker!

Justice: – A társ pedig olyan, mintha képességeid három-négyszeresére növekedne. Vegyük úgy, hogy hármas szorzó a társ.

Ha egy ilyen úton indulsz el, akkor mindenképp szerezz egy betonbiztos társat, mert azzal magadon segítesz! Persze azt sem adják ingyen? Ugye, Felice-em?

Justice: – Nem, ne válaszoljon, szerelmem. Tudja, a csapatunk nevében tettem elismerő kijelentést, ami mindkettőnkre vonatkozik. Remélem, egyetért velem, ha igen, akkor kérem, bólintson.

Felice: – Mindig meglep, Justice-om. Olyan szépen mondja. Az biztos, hogy a társ a lehetetlen helyzetek megoldása. Ugye nem gondolja, hogy bármikor otthagytam volna magát! Ugye nem teszi ezt meg velem?A társ olyan, mint a szárny, amivel átrepülhetünk a szakadékok felett. Ugye nem gondolja, hogy maga nélkül belekezdenék bármibe is? Úgy, de úgy a szívembe forrt magácska. Úgy, de úgy a szívembe szorult, hogy onnan ki sem lehet magát szakítani, csak ha az én szívem is megy vele. Azt hiszem,örökreösszeforrtunk abban a szoros együttműködésben, amiben voltunk, vagyunk és leszünk.

Justice: – Szétválaszthatatlanok lettünk. Annyi ponton forrtunk össze, hogy már nehéz megállapítani, hogy egyek vagyunk, vagy két különböző személy. És ezt is ez a hosszú, közös vívódás tette velünk.

Justice: – És nézd, ott terül el alant a világunk! Megalkottuk, működik, és most már nélkülünk is. Működik magától, és már szabadon itt hagyhatjuk! Hát nem csodálatos?Befűszereztük, megspékeltük finom adalékokkal, és most már szabadon itt hagyhatjuk, hisz' már önállóan csillogva, ragyogva teljes.

Felice: – Mondjuk egyszerűen, elkészült, és önálló működésre képes. De most jön a fordulópont, mert mi ezt ugye szívügyből tettük, mert nekünk nagyon fontos volt, és nagyon rosszul érezte szívünk magát a világ betegségétől. Tehát szívügyből tettük, és nem érdekből.

Felice: – Kérdés, mire számítottunk, hogy mi lesz a jutalmunk? Én azt hiszem, arra számítottam, hogy örökös mosoly lesz az arcomon, és örökös boldogság a szívemben, mert látom mindennap a gyógyultat, és érzem minden percben az új, frissítő levegőjét, mely életre hív és minden szívet felderít. Azt gondoltam, az lesz a grátisz. És egyszer megkerestek minket, és most itt állunk, az értékelő bizottság ajtaja a hátunk mögött, és tudjuk, jutalmat értettünk. És most várakozunk, hogy egyszer valaki megkeressen, hogy mi lesz, amit tetteinkért kapunk. Igen, izgatottan várom, Justice!

Justice: – Várjunk szépen türelemmel, míg valaki érkezik és kihirdeti. Milyen fura! Hogy így állunk. Ebből következtethetünk arra, hogy ha valamit önzetlenül teszünk sokak boldogságáért, azt valamikor honorálni fogják. Persze kitétel, hogy ne azért csináljuk, mert megtérül, hanem szívből. Azt ne is részletezzük, hogy mikor jár a jutalom, hisz' ezt mi magunk sem tudjuk, de most itt állunk, és várunk arra, hogy valaki értékelje tevékenységünket, majd odaadja a jutalmat. Hát nem csodálatos?

Eredményhirdetés

S az lesz jutalmatok az Égben, amit megteremtettetek a Földön, mivel egy új világot álmodtatok magatoknak, ezért az Égben is egy új világ létrehozása vár rátok. Ugyanazt kapjátok az Égben, amit csináltatok a Földön életetekben.

Justice: – S kaptunk cserébe egy birodalmat az Égben, hogy ezt nulláról úgy alakítsuk, ahogy nekünk jó! Ez két részben kitüntetés– egyrészről, hogy ez még üres, tehát mi rendezhetjük be, másrészt, hogy itt csak mi ketten vagyunk. Szóval ez már a jutalom kategória. Ez a világ teljesen a miénk, és betölthetjük élettel!

Justice: – Ez amolyan kitüntetés azért, hogy nem adtuk fel, és elvégeztük a nagy átalakítást. A munkához mérten nagy az érdem is. Nagy munka, nagy jutalom, kis munka, kis jutalom.

Felice: – Drága Justice-om, maga érti, hogy kitartásunk ilyen szép babért termett.

Felice: – Maga kellett leginkább az alkotáshoz, és ezért leginkább részesül az örömökben!

Justice: – Maga alkotott engem emberré, Felice, itt kezdte meg a nagy munkát, majd így tudtam én is építeni. Így lettem építő. Szóval magáé az összes érdem, mégis én is részesülök! Magáé kellene legyen a teljes jutalom. Én nem is sejtettem, hogy lesz részem ebben a csodában, hiszen magáé a teljes érdem és a teljes Éden! De köszönöm, hogy segíthettem, és itt is segítek úgy, ahogy eddig, maradok segítője, valószínűleg ezért kerültem ide, hogy magának tudjak segíteni.

Justice: – Itt egy világ, mi üres, s betöltésre vár, életre vár, és mi itt vagyunk, és megtehetjük ezt. Amiért annyi szabadságot teremtettünk embereknek! Hát most miénk e nagy szabadság. E nagy építkezés lehetősége, szabadságunk jogán. Összeadódott a sok osztott szabadság nekünk, s most egyben megkaptuk! És a kulcs ebben, hogy elhittük, hogy lehet! Most pedig mindent lehet, és teljes a szabadság!

Felice: – Justice, maga életre hívott engem, egy új játékra, ahol a teremtés a történés. Ahol minden alkotásunk él és mozog! Ahol minden alkotásunk előtt, ahogy előttünk, tiszta a terep és szabad az út.

Justice: – Gyönyörű ez, Felice! Elhittük, és most itt állunk benne. Pedig ott is lehetnénk lent. De az ajándék oly hatalmas, hogy lehetetlen visszautasítani. Kérem, alkosson velem, folyamatosan és örökké. Hogy legyen végtelen számú az alkotásunk, hisz' az időnk is az.

Felice: – Hát ide érkeztünk, ahol a Nap adományából élhetünk, s a felhők ágyán élhetünk. Különös ez, hisz' nincsen benne semmi földi, így nincs benne semmi megkötés sem.

Justice: – Idesodort az élet, hol hontalanok voltunk sokáig a Földön, s most égi utazóvá tett a sors. Hol biztos otthon vár mindennap.

Felice: – Olyan a szabadságunk most, mint lakótársainké,a madaraké és a szellemeké! A fény folytonos, és megélhetésünk örökösen bizonyos! Közel a Nap! S én annyira kívánom magát, ahogy a felhők szaladnak, repesek magáért, Justice!

Felice: – Itt, az égi teraszon, csak kettecskén, kicsit még finomabban, a lágynál lágyabban. Olvadóan forrón. Ahogy lábunkat áztatja a felhő, és szárítja hajunkat a Nap.

Justice: – Egyedülálló világ egy egyedülálló párosnak. Jutalmunk ez bizonyosan, földi létünk nyomán, jár ez a kegy.

Felice: – S ön ebben, mint földi hontalanságunkban, sorsul osztályrésszel bír velem. Sorsközösségben vagyunk. S rajongok önért teljesen, mert ez csak úgy sikerülhetett, hogy kettőnk között a vonzás túlontúl erős volt, teljesen esztelenül szétválaszthatatlan és folytonos! Mi összeforrasztott teljesen. Csak és kizárólag ilyen vonzás szülhet ilyen csodákat.

Felice: – Előttünk a paletta, Justice! De az lett mondva, hogy a mi közös színünkkel festhetünk, hogy neked és nekem ez csoda legyen.Millió szín áll előttünk, s egyet kell választanunk, a mi közösünket. Ami mindig hirdeti majd dicsőségünket, és érdemeinket kirajzolja az égre! Hogy kellemesen mindig emlékeztessen mindenkit arra a küzdelemre, amit ketten együtt megharcoltunk. És most ezt a színt kell megtalálnunk, ami szerelmünk gyümölcseként ragyog majd az égen.

Felice: – Azt érzem, hogy magával közös vagyok. Nincs is külön, mi egyek vagyunk, s így ami a leginkább közös bennünk, az a mi. Egyek vagyunk, ezt minden érzésnél erősebben érzem. Azt kell felfestenünk, az együtt színét mindenhová, ami akkor él, amikor mi is, vagyis a *mindig* színét, hisz' szellemünk és birodalmunk örökké él. A folyamatost, hisz' mindig egyek voltunk, és egyek is leszünk. És ami ezt lehetővé tette, az a szerelmünk, mi ezer szállal köt minket egymáshoz. Maga dönt, hogy hogyan legyen! De én azt hiszem, hogy a tenger ilyen végtelen, hisz' így szeretem magát, ilyen véges-végtelenül. Parttalanul és örökké.

Justice: – Felice, akkor a tengerkék színében pompázzon minden. Minden, mi él, és minden, mi van. Minden, mit életre hívunk, hogy részesüljön ebben a csodában. Hogy olyan könnyed legyen minden, mint itt fent, mint a lég, mindennek könnyűnek kell lennie teljesen. Kék lesz a világ, az elejétől a végéig, és így nem is kell sokban változtatnunk, hiszen az ég,ahol élünk, hasonló kék és könnyed.

Felice: – Justice-om, beleegyezem ebbe és elhiszem, hogy erre van szükség, jel lesz ez a világunk alkotóitól, akik mi vagyunk, s a teljesség jeleként kék lesz minden, még a lomb is a fák tetején, hogy beleégesse ez mindenbe és mindenkibe szerelmünk töretlen, átütő erejét.

Felice: – Emlékszel, Justice, kiáltásunk legyőzte a féktelen morajt, ami alatt szenvedtünk, mi is, mások is sokat. De harcba szálltunk vele, és kiáltásunk terítékre hozta.

Felice: – Tudom, Justice, majdnem ennek estünk áldozatul, mert erősek voltunk és mertünk. Mert erősebbek voltunk a falaknál, és áttörtük őket gondtalan, hogy a moraj, a rossz eltávozzon, és maradjon a remény egyedül. S maradt az éter nekünk és a kiszabaduló kiáltásunk, és utána csend. Miért mertük megtenni ezt?

Felice: – Gondtalanságból, mert leküzdöttük a gondokat és így elemelkedtünk a talajtól és felemelkedtünk egy komoly próba szintjére, amit kiálltunk, és most itt ülünk a felhőn, egy másik rendszerben. Odalett a moraj és a gond, és maradt a tiszta és a remény.

Felice: – Kifűtöttük magunkból a harmóniát és nem nyugodtunk, míg a világon is nem lesz az!

Felice: – Meleget csinált a szívemben, s az izzadt gőz ki tudta forralni a rosszat. Maga fűtött, és később én magával ki tudtam fűteni a világból a rosszat,mi volt a gonosz moraj hagyatéka. S csak békésen ringó, hálás szív maradt.

Felice: – Hálásan köszönöm, hogy koholtad a tüzet, hogy hatása maradéktalan legyen.

Justice: – Nem tudtam hagyni magátabban a ragadós ártalomban, mit a múlt hagyatékán való őrlődés tölt ki.

Justice: – Megmertem gyújtani a lángot, mert tudtam, így a rossz kifő, ezért merészeltem ezt először magával, majd hogy sikerült, később meg merészeltem tenni a földi rosszal. Maga amolyan próbababa volt. És látja, itt ül mellettem, Felice. De csak így, ezek után tudott a rosszal harcolni, oldalamon. Hát a biztos bátorságnak van értelme.

Felice: – Köszönöm, Justice-om!

Justice: – Nem múló virág, mi tartja páholyunkat, a felhőt. S nem múló virágokat fon körénk az éter, mi szerelmünkből fakad, és ez fonja szorosabbnál szorosabbra azt. Mígnem érezzük, a virágillat átjár teljesen, és akkor és ott mindig öné vagyok, Felice-em! Erős a mag, amit ültettünk a Földön. S most ennek gyümölcse magasba emelt, és ott tart minket. Ön, Felice így lett a jónak forrása és táptalaja. Öné az érdem, Felice, hogy annyit, de annyit küzdött magával, és a mindenséget eluraló morajjal. Igaz, velem közösen. Mégis úgy érzem, hogy öné az érdem.

Justice: – Fonja hát szorosabbra a virágfüggönytkörénk, még szorosabb legyen kapcsolatunk, és hogy eltakarjon a világtól, és csak ketten legyünk együtt. Itt nyugodtan, az égi teraszon.

Felice: – Ön gyermekien jó, Justice-om. Ön túlontúl bizakodó és nemes. Ön ért engem, és ezt a helyzetet, és a világunkat is. Szorosan kell szeretnünk egymást, hogy sokáig éljen ez, amit jutalmul kaptunk. Nem fáradóan, szüntelenül. S így ez a virágfüggöny, mit körénk forraszt az érzelem, s mit szerelmünk táplál, takar el, s forraszt eggyé, örökké!

Felice: – Ön épít engem! Öné e palota a magasságban. S minden öné, ami ebből a jutalomból származik, és csak állandó szerető kísérője vagyok.

Justice: – Száz vihar közt szült száz életet a szerelem, s száz vihar közt is élt és virul. Szerelmünk erősödhet még, bizonyosan.

Justice: – Öné vagyok, Felice, örökké! Ezen az égi teraszon. S csak óvni vágyom virágunk, világunk, és önt.

És felbukkan a horizonton Krizéisz

Krizéisz a napsugarak dédelgetett gyermeke volt.

Felice és Justice összerezzenvefigyelte, ahogyan rés keletkezett a harmóniában.

Krizéisz biztos volt magában nagyon, és abban, amit tenni kívánt. Egy ecset volt nála, amit a Naptól kapott, és rajta sárga festék. És amit a pár kékre festett, arra apró napokat festett, hogy olyan legyen e birodalom, mint az égbolt. Helyet kívánt az alkotásban.

Felice: – Krizéisz, miért teszed ezt? Ez a mi saját birodalmunk! Miért kell ez neked? Azt akarod, hogy olyan legyen ez is, mint régen a Föld?

Krizéisz: – Ti is földiek vagytok itt az égben, s nektek fog ez tetszeni igazán – s Krizéisz festett úton-nyomon. Krizéisz a Nap gyermeke volt, így megtehette. S csillagok szálltak az égszínkékre, mi a gyümölcsöző szerelem gyümölcsének nyoma volt. S e kék szín ünnepelte a győzelmét eme nemes érzelemnek. Krizéisz egyedül volt, s alkotó kedvét itt élte ki, hiszen párja sohasem volt. A Nap gyermekeként pedig megtehette.

Krizéisz a párral maradt, hogy ne érezze magát olyan egyedül az égben, s örült nagyon, hogy új lakosok jöttek. Úgy gondolta, neki is joga van ahhoz, hogy részt vegyen a díszítésben.

A pár számtalanszor kérlelte őt, hogy fejezze be a csillagok festését, mert az nem az ég, hanem a tenger, és szerelmük szimbóluma.

De Krizéisz azt mondta, „ez áldás, hogy sok gyümölcse legyen a tengernek, vagyis szerelmeteknek, mint ahány csillag van az égen", szóval jót akart a maga módján.

Krizéisz nem akart a Földre menni, sőt mikor meghallotta, hogy azt tanácsolják neki, hogy ott bontakozzon ki, még morcos is lett. És dúlt-fúlt kegyetlenül.

– Nem igazságos, hogy Justice és Felice kapott egy saját birodalmat, nekempedig nem jár.

Illetve neheztelte, hogy ők ezen felül még párban is élnek. S ez igazságtalan, hogy nekik ennyire nagyon jó egy virágfüggöny ölelésében, s övék a fényes jövő és a gazdag jutalom.

Szóval lázadozott.

Felice: – Vitatkozom magával, Krizéisz! Maga a magányt választotta, s most rést üt a mi nemes szerelmünkön, s annak megfogant és termő ágát majdnem letöri. Mondja, miféle vircsaft ez? Szólnék önnek, hogy inkább a saját párját keresse meg, s hagyjon nyílt teret a mi életünknek. Az égben egyedül van, kedves Krizéisz, térjen le az új Földre, és ízlelje meg az új ízeit. S ha elégedett, maradjon ott, és hagyjon békét nekünk.

Felice: – Szerelemre fel, Krizéisz! Hívja életre a sajátját! Újult erővel higgyen benne és gyönyörködjön a megújult Földben, majd boldogan szemlélje, és végül víg kedvvel alkosson benne.

Krizéisz: – Ha nem teszitek, amit mondok, és nem maradhatok itt, és nem alkothatok, akkor örök sötétséget hozok a világotokra, hisz' a Nappal közeli a kapcsolatom, s akkor bolyonghattok a sötétben. S az örök sötétségben színtelen lesz minden, minden, ami csak és minden, ami van.

Erre Justice felajánlotta, hogy Krizéisszel a Földre megy, s megmutatja neki az új, boldog világot, amiben kacagva, vígan és örömmel élhet, hisz' nincs benne semmi ártalom.

Felice: – Felszólítom önt,Krizéisz, hogy térjen észhez, értékelje ezt a hatalmas lehetőséget, hogy az új Földre mehet, és találjon vissza a szerelem igazi útjához.

Felice: – Ott lent a Földön aranyozzon, kérem, minél többet, mert ott örülni fognak neki az emberek, és sok örömet okoz majd nekik ezzel!

Felice: – Ott számtalan csodát tehet ezzel! Sok-sok színes pagonyt is alkothat, ami teljesen egyedi lesz. Szóval csodákat tehet, és sok vigasságot okozhat. Ez a maga birodalma szerintem, legalábbis most már teljesen szabadon. Mi föl, maga le! És most már nyugodtan mehet is, hiszen teljesen szabad az út.

Felice: – Kérem, hagyjon békét a szerelmünknek és a birodalmunknak!

Felice: – Ha elrabolja a párom, akkor a szerelmünknek és a birodalmunknak is vége. Hiszen akkor nem folytathatjuk tovább az építkezést, s csak a kezdetek nyoma marad.

Felice: – Vagy talán ez az utolsó próba? – Elgondolkozott és érezte, igen, ez az utolsó próba.

Felice: – Justice-om, kérlek, ne tarts vele, maradjatok itt és itt, éljetek közös életet.

Váratlan döntés

Justice meghallotta Krizéisz panaszos magányát, és értette Felice kérését, és enyhített Krizéisz magányán.

Százszor vele hált majd fogant, és az égben megszülte Krizéisz első gyermekét.

Felice ebben az időben bánatos volt, és megannyi játékkal díszítette teli a világukat, hogy utódaik és ők is sokat szórakozhassanak.

A végső béke.

Majd a gyermek megszületett, és Krizéisszel együtt végérvényesen a Földre távozott. Így már Krizéisz sem volt keserű.

Vígan ment az új Földben gyönyörködni.

Krizéisz: – Ím, legyen ennek a párnak a teljes szabadság a jutalma jó szívükért, amellyel meggyógyították szívemet, hogy legyen reményem, jövőm és bátorságom,hogy legyen bizalmam és erőm. Sokat köszönhetek nekik, hisz' ezt a nagy kegyet nem érdemeltem meg.

Krizéisz: – Most már értem, miért kapták az égi uradalmat, hisz' szívük gyönyörűen nemes.

Krizéisz: – Megyek a Földre, s megkémlelem műveteket! Gyönyörködöm majd az alkotásban és párt keresek. – Ezen az úton felengedett a szíve. Mohón kereste a szeretet, és annak minden megnyilvánulását erősen támogatta.

Justice: – Az utolsó próbát is kiálltuk, az utolsót, ami a legnehezebb volt mind között.

Felice repesett ettől, és vígan ugrándozott örömében.

– Most már csak és kizárólag a birodalmunk építésén dolgozhatunk, és annak benépesítésén.

Ebből láthatjuk, hogy az utolsó próba a legnagyobb. De azért ez a legnagyobb, mert eddigre erősödnek meg a kiállói a próbatételre. Ezért mondom, légy készültségben mindig, ember, hisz' csak így lehet teljes jutalmad, és szíved csak így lehet teljes és sértetlen.

Így tettek szívességet Krizéisznek, hogy legyen elég bátorsága a földi léthez és a sikeres családalapításhoz.

Ezért kicsit sem nehezteltek rá, hiszen megértették, hogy erre a segítségre szüksége volt.

Helyre állt a világrend.

A világ ettől derűs lett és játékos.

Tengerkék és csillagokkal teli lett az égbolt,mi szimbolizálta szerelmük gazdagságát és boldogságát.

Felice gyengéden szerette Justice-t. S vígan-vígan építkeztek.

A szellő mindent bejárt frissességével, és boldogok voltak.

Kiálltak minden próbát a Földön és az égben, s a kék birodalmat betöltötték élettel.

Sok jutott nekik az életadásból, és sohasem untak rá. Gyermekeik már csak az égit látták, és nagy kedvvel mulattak.

Drága szerelmem, megnyertük a csatákat, lent is,, fent is és így az igazi a siker, hiszen nem csak részsiker van, hanem teljes.

Lent és fent is győzni kell. Különben az ember félig sír, félig nevet. És akármelyik is az eleje, keserűség is lesz benne.

Tartsd úgy a kormányt, hogy a siker mindenhol siker legyen, és akkor biztosan boldog leszel.

Felice: – Lent új világot teremtettünk, s lásd fent: itt van az új világunk.

Tehát amitlent megalkotsz, az fent is tiéd lesz. Azt itt fent is megkapod, csak még szebben és tisztábban.

Birodalmuk olyan lett, mint szerelmük:minden próbát kiálló.

Megszámlálhatatlan napig alkottak, építkeztek, és megszámlálhatatlan gyermekük született.

Sok boldogságot, Justice és Felice!

A szerző

Bereznai László Péter Budapesten született 1990. 06. 13-án. Diósdon él, tanul, végzős erdőmérnök-hallgató. Nagyon szereti a természetet, hobbijai a túrázás, úszás, futás, írás és festés. 2005 tavaszán kezdett írni, azóta alkot, eddig versei jelentek meg antológiákban.

A kiadó

Aki feladja, hogy jobbá váljon, feladta, hogy jobb legyen!

E mottó alapján a novum publishing kiadó célja
az új kéziratok felkutatása, megjelentetése,
és szerzőik hosszútávú segítése. Az 1997-ben
alapított, többszörösen kitüntetett kiadó az egyik
legjelentősebb, újdonsült szerzőkre specializálódott
kiadónak számít többek között Ausztriában,
Németországban és Svájcban.

**Valamennyi új kézirat rövid időn belül egy
ingyenes, kötelezettségek nélküli kiadói
véleményezésen esik át.**

További információkat a kiadóról és
a könyvekről az alábbi oldalon talál:

www.novumpublishing.hu